할매 바리스타!
주문은 큰 소리로

차례

할매 바리스타와 고양이 원두 그리고 사막여우

길냥이가 되겠다는 건 내 선택이었어. 버림도 강요도 아니야.

난 파란 수국 아래 앉아 있었어. 한 번도 본 적 없는 냥이 하나가 비석마을에 들어온 거야. 내 영역에 발을 들인 이상 가만둘 수가 없지.

그런데 그 녀석, 귀가 솔깃한 말을 해. 비석마을 너머 아미산 아래 어쩌고 하면서. 난 침을 꼴깍거리며 들었지.

더 유혹적인 건 마을 전체가 캣타워나 다름없다고 하는 거야. 마을이 시작되는 곳부터 끝나는 데까지. 그런 마을은 분명 우리 냥이들에게 천국이나 다름없는 곳이지. 그 녀석이 밤 풍경

을 말하는데 난 그만 꼴까닥 넘어가고 말았어. 냥이 녀석 표현을 빌리자면, 밤마다 아미산 계곡에서 항구까지 불빛이 은하수처럼 흐른다나. 난 별 보는 걸 좋아한단 말이야.

항구, 말만 들어도 코끝으로 고소한 비린내가 스치는 것 같았어. 참치통조림과는 비교가 안 되는 찐한 비린내. 사실 그게 그리웠거든.

아미산 넘어가는 길을 그려달라고 했지. 참치비빔밥을 덤으로 주고 내 영역과 교환했어. 난 바로 떠날 거니까.

냥이 녀석이 아미산 넘어가는 방법을 열두 가지나 말하는 거야. 녀석이 추천한 방법은 마을버스 타기였어. 열두 가지 방법 중 제일 빠르고 쉽다고 했어. 비석마을에서 아미마을로 가는 막차를 타고 아미성당 앞 정류장에 내리라는 거야.

다른 냥이들에겐 말하지 않았어. 비석마을을 떠나는 건 어리석은 짓이라고 할 테니까.

그 녀석이 당부한 말은 머리에 콕 집어넣었어. 오리 벽화 집 윤제 할매가 담아놓는 사료가 제일 맛있다고 했어. 그리고 진짜 힘들 땐 사막여우를 찾아가라는 거야. 사막도 아닌데 사막여우가 있다니. 거짓말 같았지만 믿기로 했어.

아미성당 정류장이라는 안내방송이 나올 때 가슴이 쿵쾅거렸어. 버스 자동문이 열리자마자 얼른 뛰어내렸지.

내가 버스에서 내리는 걸 보고 세 녀석이 나타났어. 꼬리를 부풀리고 길을 막는 거야. 우선 피하고 보자, 생각했지. 적을 만들면 안 되잖아. 얼른 성당 마당으로 도망쳤어.

첫날밤부터 이런 수모라니. 난 항구와 은하수처럼 흐른다는 불빛을 찾아온 것뿐인데. 성당 담장에 올라가 보니 집집마다 별이 달린 거야. 그 빛이 정말 은하수 같았어.

날이 밝으면 이곳 냥이들과 협상해야겠다고 생각했어. 잠깐 머물다 떠날 곳이 아니니까.

참치비빔밥 꿈을 꾸다 잠이 깼어. 해가 머리 위에 있었어. 여긴 비석마을이 아니니까 먹을 걸 찾아야 해. 전봇대 아래 물이랑 사료가 있었는데, 그건 엄마 냥이와 아기 냥이들에게 양보했어. 나무 계단 밑에도 사료 그릇이 있었는데 이미 빈 그릇이었어.

녀석이 알려준 오리 벽화가 그려진 집을 찾아 나섰어. 지붕 열 개를 넘고 담장 다섯 개를 건넜어. 드디어 오리 벽화가 눈에 딱 들어오는 거야. 다른 녀석들이 먼저 왔다 갔는지 또 빈 그릇만 있는 거야. 담장을 살짝 넘어 좁은 마당으로 들어갔는데 집엔 아무도 없었어.

배꼽시계가 자꾸 꼬르륵거리잖아. 그런데 달콤한 냄새가 코끝을 간질였어. 냄새를 따라 지붕 세 개를 더 건너갔어. 창문을 살짝 들여다보니 유리장 안에 동그란 과자가 색색이 줄지어 있는 거야.

한 아이가 들어와서 이렇게 말을 해.

"마카롱 주세요."

난 얼른 문 앞으로 갔어. 봉지를 들고나온 아이를 가만히 보았지. 그 아이가 내 앞에 쪼그리고 앉았어.

내가 말했어.

"나도 마카롱 주세요."

마카롱 봉지가 열렸어. 난 그 애 입만 쳐다보았지. 아이가 민트색 마카롱을 한 입 깨물었는데, 엄마가 부르는 거야. 한 입 먹었으니 남겨주겠지 생각했어. 기다렸지. 그런데 그 애는 그냥 엄마에게 가버리는 거야. 와플 조각과 소시지 꼬치를 발견한 건 행운이었어. 늦은 오후가 돼서야 어쨌든 아미마을 첫 식사를 마쳤어.

그럭저럭 시간이 흘렀어. 아미마을 길냥이로 산다는 건, 좀 힘들지만 아름다운 일 같았어. 한밤, 또 한 밤 지내다 보니 비석마을을 떠나온 지 거의 한 달이 다 돼 가는 거야. 오랜만에 동네

지붕을 건너다니며 관절과 근육을 풀었어. 일광욕을 하며 늘어지게 낮잠도 잤고.

그런데 얼마 전부터 털에 윤기가 빠지고 까칠해지는 거야. 핥아보면 알 수 있잖아. 듬성듬성 털이 빠진 곳도 생기고. 사람들이 나를 보면 피한다는 게 느껴졌어. 내가 병균 덩어리도 아닌데, 해치지도 않는데 도무지 가까이 오질 않아.

비가 내렸어. 문득 사막여우가 생각났어.

비 때문에 냥이들이 다들 틀어박혀 있나 봐. 난 어떻게든 사막여우를 찾아야겠다고 마음먹었지. 고민이 생겼거든. 오십 개도 넘는 지붕을 건너온 것 같아. 백 개도 넘는 계단 골목을 올라왔고. 불쑥불쑥 튀어나온 냥이들과 마주쳐 몇 번 놀래긴 했어.

다행히 비가 그쳤지. 무지개도 봤어. 그리고 사진관 앞에서 늦은 점심을 먹을 수 있었고. 조금 지치긴 했지만 모든 게 무난한 날이었어.

배부른 기지개를 켜는데 소행성 B612로 가는

물고기 표지판이 눈에 딱 들어오는 거야. 기억을 더듬어 그 냥이 녀석이 한 말을 떠올렸어.

사막여우, 소행성, 주황색, 빨강 목도리, 그리고 어린 왕자.

표지판을 따라 후다닥 올라갔어. 어린 왕자와 사막여우가 앉아 있는 거야. 곁에 앉아도 되는지 물었지. 난 어린 왕자와 사막여우 사이에 앉았어.

셋이서 한참 동안 하늘을 보고 있었어. 해가

지는 붉은 하늘을 말이야. 바람에 묻어온 비릿한 냄새가 코끝을 살짝살짝 간질이는 거야. 찐한 생선 비린내였어.

어린 왕자가 그랬어. 사막이 아름다운 건 어딘가에 우물을 숨기고 있기 때문이라고. 사막여우도 말했어. 바다가 아름다운 건 어딘가에 노을을 품고 있기 때문이라고.

난 노을을 보면서 하마터면 울 뻔했어. 눈물나게 무언가가 그리운 저녁이었어. 이젠 밤마다 은하수 같은 불빛을 봐도 도무지 설레지 않아. 여긴 아름다운 곳인데 모든 게 그냥 다 덤덤해져 버렸거든.

사막여우가 말했어.

"너 지쳐 있구나."

나는 마음속 말이 나올 것 같아 입에 힘을 꽉 주었어.

그렇게 앉아 있는데 한 녀석이 다가와 자기를 따라가자고 했어. 항구로 내려가자고. 또 이러는 거야.

"너 생선 맛이 그립지."

내 속에 들어갔다 나온 것처럼 말을 하잖아. 안 그래도 생선을 먹지 못해 우울증에 걸리기 직전인데. 그 녀석 하는 말이, 내 뒷모습에 그렇게 쓰여 있다나.

그리고 물고기 냉동창고를 아느냐고 묻는 거야. 저 멀리 보이는 항구 주변 큰 회색 건물들이 전부 물고기 냉동창고라고. 물고기 냉동창고라니. 난 혀를 내밀어 입가에 흐르는 침을 닦았어.

언젠가부터 생선 맛이 그리우면 물고기 벽화를 바라보며 우두커니 앉아 있었어. 사람들은 그런 내 마음도 모르고 물고기 벽화 앞에 냥이라며 사진 찍기에 바빴지.

함께 항구로 가자는 제안을 받아들였어.

"당장 따라가겠어."

우리가 하는 말을 듣고 있던 사막여우가 그랬어.

"친구가 있다는 건 좋은 일이야. 그런데 본질은 눈에 보이지 않지. 힘들면 다시 찾아와."

그날 밤에 냉동창고를 털어볼 계획을 세웠어. 우리가 몹시 나쁜 일을 꾸몄을 거라고 생각하지 마. 냉동창고 마당에 떨어져 있을 몇 마리 생선을 물어 오자는 거였지.

항구로 내려가는 길은 험했어. 버스와 자동차와 오토바이, 그리고 사람들. 얼마나 바삐 움직이는지 밟혀 죽지 않은 게 다행이었어. 아미마을에서 내려다보면 빠르게 움직이는 건 하나도 보이지 않았거든.

아미마을에서 내려온 지 한나절이 지나서야 냉동창고 정문을 통과했어.

아, 그런데 내가 생각한 것과는 너무나 다른 상황이었어. 물고기 냉동창고니까 마당에 생선 몇 마리쯤 떨어져 있겠지 생각한 건 착각이었어. 매끈한 창고 마당, 반듯하게 주차된 자동차,

쉴 새 없이 오르내리는 정문 차단기를 통과하는
냉동 트럭들.

아찔한 순간이 한두 번이 아니었어. 혼자였으
면 당장 도망갔을 거야. 녀석과 같이 있어서 무
서움은 좀 덜 했어. 그 녀석이 고백하는 거야.
자기도 이야기만 들었지 처음 내려왔다고. 어이
가 없었지. 하마터면 때려 줄 뻔했어.

우린 냉동창고 경비실 근처에 있다가 밤에 트
럭 지붕으로 올라갔어. 저 멀리 아미마을이 은
하수처럼 반짝이고 있는 거야. 겨우 하룻밤인데
눈물이 찔끔 났어. 어린 왕자와 사막여우가 보
고 싶었어. 나를 닮은 다른 녀석들도.

동트기 전에 일어나려고 이른 잠을 청했어. 우
리는 방파제에 나가 볼 작정이었거든. 낚시꾼들
에게서 갓 잡아 올린 생선 몇 마리는 얻을 수 있
을 테니까.

아침에 일어나 보니 냉동창고 마당 자판기 옆

에 사료와 물이 놓여 있었어. 주인이 있는 거 같아 조금만 먹고 남겨 두었어.

방파제 끝 등대까지 가보았어. 바닷바람이 털 속까지 들어와 간질거리는 거야. 둘이서 햇볕에 달궈진 방파제에 앉았는데 아저씨가 전갱이 두 마리랑 고등어 한 마리를 던져주었어.

아, 파닥거리는 놈들을 얼마 만에 보는 건지. 차마 혼자 먹을 수가 없었어. 아미마을에 있는 다른 냥이 녀석들이 막 생각나는 거야. 난 다시 돌아가겠다고 했지. 같이 내려간 녀석은 항구에서 살겠다고 했어.

전갱이와 고등어와 그 녀석을 방파제에 남겨 놓고 난 걸음을 재촉했어. 쉬지 않고 달려 겨우 계단 골목이 시작되는 곳에 도착했지. 긴 외출이었지만 바닷바람을 마셔서인지 몸은 가뿐했어.

계단 골목을 가볍게 올라갔어. 파랑 지붕에서 해바라기하는데 진한 커피 향과 고소한 냄새가 올라오는 거야. 냄새를 따라 얼른 내려갔지. 뱃속이 요동쳤어. 계단 골목 왼쪽에 노랑 나무문이 달린 카페였어. 문 옆에는 빨강 제라늄 토분 두 개가 놓여 있고.

어쩌다 목이 말라 일회용 컵에 담긴 쓴맛 나는 물을 마신 적이 있었지. 그걸 마시고 밤새 한숨도 못 잤어. 그 물이 커피라는 걸 나중에야 알았어.

마치 내 집인 양 노랑 나무문 안으로 들어갔어. 그래야 손님들이 놀라지 않을 테니까. 당연히 카페 식구로 알겠지. 카운터를 몇 걸음 앞두고 얌전히 앉았어. 그런데 깜짝 놀랐어. 커피를 내리던 할매와 내 눈이 딱 마주쳤거든. 꽁무니를 올리고 달아나려는데 할매가 나를 보고 곱게 웃는 거야. 오리 벽화 집 윤제 할매였어. 난 바로 엉덩이를 바닥에 붙이고 앉았어.

손님에게 커피를 대접한 윤제 할매가 상자에서 뭔가 꺼내더니 내 앞에 앉는 거야. 그리고 내

목에 노랑 리본을 묶어 주었어. 카페 손님들이
예쁘다며 사진을 찍고 난리였어. 눈물이 날 뻔
했지. 아니 눈물이 핑 돌았어.
　윤제 할매가 말했어.

"여기가 마음에 드는구나."

그때 누군가 이러잖아.

"어머, 카페 냥이답게 털도 커피색이야!"

그제야 알았어. 내 털 색깔이 검은색도 누런색도 갈색도 아닌 커피색이라는 걸. 할매가 고등어구이 한 토막을 내왔어.

"우리 원두, 잘도 먹네. 배가 아주 고팠구나."

카페 손님들도 나에게 말을 걸었어.

"네 이름이 커피콩 원두라고?"

"할매 바리스타와 고양이 원두! 이름도 정말 예쁘네!"

"커피색 털을 가진 냥이는 처음 봐. 할매 바리스타도 처음인데 카페 냥이도 멋져."

갑자기 스타가 된 기분이었어. 하지만 잘난 척은 금물이야. 할매가 허락한 것도 아니고 카페에 온 지 30분도 안 됐잖아.

나는 문밖으로 나가 제라늄 토분 옆에 얌전히 앉아 있었어. 손님들이 카페를 나가면서 나를

또 찍는 거야. 제라늄과 원두랑 같이 찍으니 사
진이 예쁘게 나온다고.
　할매가 마지막 손님을 배웅하고 나에게 말을
걸었어.

"잘 곳은 있니?"
내가 눈으로 말했어.
'노랑 리본 고맙습니다.'
할매가 나에게 무릎 담요 하나를 선물했어.
다음날부터 난 엄청나게 바쁜 하루를 보내게
되었어. 카페 손님에게 안내문을 갖다주는 일을
시작했거든.

할매 바리스타예요.
주문할 때는 큰소리로 해주세요.
커피가 조금 늦게 나올 수도 있어요.
그렇지만 맛은 최고예요.
전 카페 냥이 원두예요.

사막여우가 왜 본질은 눈에 보이지 않는다고
했는지 이제 알 것 같아.
아미마을이 아름다운 건 어딘가에 보석 같은

사랑을 숨기고 있기 때문이었어.

그 녀석

그곳에서 내게 허락된 것이라곤 꿈꾸는 일뿐
이었어. 정어리의 비릿한 맛이 물릴 때쯤, 꿈은
현실이 되었어.

행운이라고? 그렇게 말하고 싶지 않아. 그 녀
석에겐 미안함뿐이야. 행운이라고 말한다면 그
녀석에게 명예롭지 못한 일이지.

난 답답하게 살고 싶지 않았어. 하고 싶은 게
너무 많았거든. 어떤 그 무엇도 두렵지 않았어.
보름달이 뜨면 혼자 부서지는 물거품을 온몸으
로 느끼다 무리 속으로 돌아오곤 했어.

나는 더 먼 곳, 세상과 자유를 느끼고 싶었어.

내가 하고 싶은 걸 말하면 다들 비웃었지. 우리가 사는 곳이지만 바다는 아주 거칠고 포악해서 순응하며 살아야 한다고. 또 사람이라는 경계해야 할 대상에 대해서도 충고했지. 그들의 야만성에 대해서도.

보름달을 기다렸어. 나는 달을 따라 서쪽으로 나아갔지. 서둘지 않았어. 온 바다가 내 터가 될 테니까. 해류를 따라 파도를 즐기며 유영했어.

밤낮으로 변하는 바다에서 나는 많은 친구를 만났어. 그들은 내가 왜 혼자 다니는지, 왜 무리를 벗어났는지 묻고 또 물었지.

몇 날이 지나고 해류가 달라졌다는 걸 느꼈어.

태양이 은빛 바다를 만들었을 때, 밍크고래 무리를 만났어. 그들은 한결같이 나를 걱정하는 거야. 너무 먼 바다로 나왔다고. 그리고 파도의 흔들림이 심상치 않다고 했어. 곧 거대한 배가 지나갈 거라고. 자기들 곁에 붙어 어서 이곳

을 벗어나자고 했지.

난 거절했어. 사람은 경계해야 할 대상이지만 그들을 만난다는 건 전율이 흐르는 경험이잖아. 그리고 사람들이 나를 어떻게 할 수는 없을 거로 생각했거든.

밍크고래 무리가 떠나고 얼마나 지났을까. 파도의 움직임이 확실히 다르다는 게 느껴졌어. 불규칙하고 거칠고, 역한 기름 냄새가 허파를 죄었어. 잠시 후회도 했지. 밍크고래 무리를 따라 이곳을 벗어날 걸 하고.

엄청난 크기였어. 나는 배를 따라가며 어느 정

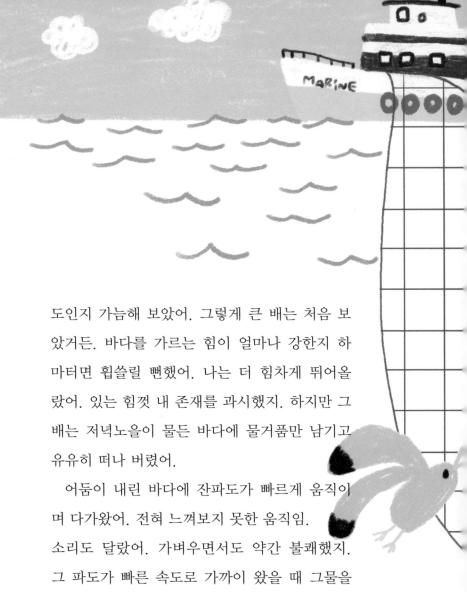

도인지 가늠해 보았어. 그렇게 큰 배는 처음 보
았거든. 바다를 가르는 힘이 얼마나 강한지 하
마터면 휩쓸릴 뻔했어. 나는 더 힘차게 뛰어올
랐어. 있는 힘껏 내 존재를 과시했지. 하지만 그
배는 저녁노을이 물든 바다에 물거품만 남기고
유유히 떠나 버렸어.

　어둠이 내린 바다에 잔파도가 빠르게 움직이
며 다가왔어. 전혀 느껴보지 못한 움직임.
소리도 달랐어. 가벼우면서도 약간 불쾌했지.
그 파도가 빠른 속도로 가까이 왔을 때 그물을
끄는 배라는 걸 직감했어. 나는 몸을 살짝 날렸
다가 물속으로 들어갔어.

순식간이었어.

몸에 닿는 거친 움직임과 불편함.

그물에 걸린 거야. 그물이 팽팽해졌고 자잘한 고등어와 정어리 떼 사이에서 난 아무리 요동쳐도 소용없었어. 몸을 짓누르는 참기 힘든 무게감. 몸부림치다 더 이상 움직일 수 없을 정도로 힘이 다 빠져 버렸어. 난 그물의 꿀렁거림에도 전혀 반응하지 못했지.

정신을 차려보니 낯선 곳이었어. 투명한 창을 통해 사람들이 나를 들여다보고 있는 거야. 다행히 내 몸에 큰 상처는 없었어. 주사를 몇 번 맞은 거 같아. 주삿바늘도 아팠지만, 고통스러운 건 좁은 수조였어. 답답하고 어지러웠어.

물속으로 들어온 사람이 좁은 문을 열어놓고 나를 바짝 몰아가는 거야. 난 이리저리 피하며 수조 안을 돌아다녔어. 바다라면 마음대로 할 수 있었겠지. 힘이 없었고 배도 고팠어. 무엇을

먹은 지 꽤 오래됐거든.

비릿한 정어리 냄새에 정신을 차릴 수 없었지. 정어리 다섯 마리를 받아먹고서야 내 곁에 돌고래 두 마리가 더 있다는 걸 알았어. 그렇게 저항하던 내가 정어리 때문에 좁은 문으로 스스로 들어가다니. 부끄러웠어.

한 녀석이 다가오더니 나에게 이렇게 내뱉는 거야.

"이곳에선 꿈도 꾸지 마!"

잠수하는 그 녀석 등에 긴 흉터가 보였어. 물 위로 다시 올라온 녀석에게 내가 되물었지.

"꿈?"

그 녀석이 거칠게 대답했어.

"그래, 꿈! 다시 바다로 돌아갈 수 있을 거라는 꿈 말이야!"

녀석은 고래 뛰기를 하며 일부러 물세례를 날리는 거야. 좁은 수조니까 피할 수도 없었지. 하마터면 그 녀석 꼬리지느러미에 얼굴을 맞을 뻔했어.

"정신없이 잘도 받아먹더라."

"아, 그건, 그건……."

배가 너무 고팠다는 말을 못 했어. 이미 눈치
챘을 테니까.

나는 벽에 머리를 찧고 있는 또 한 녀석을 힐
끔거리며 말을 잇지 못했어.

"저 녀석? 신경 쓰지 마. 아파. 아픈 거야. 저
렇게 온종일 제 머리를 찧고 있어. 체념을 못 하
니 병이 생긴 거지. 그래서 내가 더 피곤해졌다
고. 그냥 시키는 대로 나가서 재주 부리고, 박수
받고, 정어리나 받아먹고, 사람들이랑 사진 찍
고. 이런 생활도 그럭저럭 살 만하거든."

녀석은 수조를 재빠르게 돌고 오더니 나에게
바짝 다가와 속삭이는 거야.

"네가 들어와서 이제 좀 편해지겠다."

처음엔 이게 무슨 말인지 이해하지 못했어. 나
중에야 알게 되었지만.

내 무리가 돌아오지 못한 친구들에 대해 말한 적이 있었거든. 난 귀담아듣지 않았지.

녀석이 꼬리지느러미로 내 옆구리를 치는가 싶더니 수로로 날 밀어 넣더라고. 얼떨결에 수로 끝으로 밀려간 나는 파란 문이 열리면서 미끄러지듯 빨려들어 갔어.

그곳은 아주 넓었어. 오랜만에 유영을 즐겼어. 마음껏 물보라도 일으키고 살짝 고래 뛰기도 해 보고, 꼬리지느러미도 마음껏 흔들어 풀었지. 그동안 뭉쳤던 몸이 감각을 다시 찾는 것 같았어.

호흡을 가다듬는데 소리가 들렸어. 그제야 내가 있는 곳이 돌고래 훈련장이라는 걸 알았어. 어떤 상황인지 파악한 거야.

"엄청난 게 걸렸어. 다시 만나지 못할 녀석인데."

"이렇게 건강하고 활발한 녀석은 조련사 생활 10년 만에 처음이야!"

"제대로 훈련 시키면 우린 대박이야!"

"야생성이 너무 강해도 안 돼. 잘 훈련 시켜 봐. 쟤들은 머리가 좋아서 얼른 적응하거든."

"이제 정어리 몇 마리 줘. 허기져 있을 거야."

말이 떨어지자마자 정어리가 던져졌어.

거절할까 말까 생각할 틈도 없이 고소한 비린 내에 몸이 먼저 반응해 버렸지. 난 날쌔게 물속에서 튀어 올라 정확하게 정어리를 덥석 받아 물었어.

"봤지? 저 민첩함. 깔끔하고 사뿐하게 다시 잠수하는 모습. 완전 예술이네, 예술!"

우쭐하지 않았냐고? 천만에. 부끄러웠어. 그들은 손뼉을 치고 난리였어. 정어리가 목구멍을 통과하지 않았다면 뱉어내고 싶었어.

나는 다시 좁은 수조로 돌아왔어. 그리고 자주 넓은 수조로 불려 나갔지. 그때마다 난 어린 친구를 생각했어. 온종일 벽에 머리를 찧고 있는 그 어린 친구를.

어린 친구가 감당하지 못한다면 나라도 대신 해줘야겠다. 뭐 이런 생각이 들었어. 그렇다고 우쭐거림은 아니야. 내가 살던 바다에서 더 넓은 바다를 그리워했던 것처럼, 어린 친구가 자신의 그 바다를 얼마나 그리워하고 있는지 나는 아니까. 마음이 아팠어. 넓은 수조로 나갈 때마다 난 정어리보다 어린 친구를 더 생각했어.

훈련은 점점 어려워졌지만 힘든 건 아니었어. 훈련이 끝나고 돌아오면 나는 꼬리지느러미로 어린 친구 몸을 살짝살짝 다독여주었어. 여전히 머리는 벽을 찧고 있었지만.

"그렇게 해준다고 머리 찧는 병이 나을 거 같아? 약은 한 가지뿐이야. 정어리 속 알약으로도 치료할 순 없어! 네가 아무리 다독여봐. 그 애 마음이 나을 거 같냐? 천만에. 포기하고 그냥 적응하는 게 우리 삶이라고. 정어리나 배불리 받아먹고, 칭찬받고, 사람들 박수나 받으며."

녀석은 계속 빈정거렸지. 야속했어.

그 녀석이 그렇게 말하는 이유를 며칠 뒤에야 알게 되었어.

난 처음으로 무대라는 곳에 나가게 됐어. 나도 제법 모든 걸 잘할 수 있게 되었거든. 그 녀석과 짝이 되었어. 사람들 환호성에 난 마음이 들떠 버렸어.

엄청나게 떨었어. 그렇게 많은 사람들은 처음 봤으니까. 정어리 한 마리를 받아먹고 겨우 정신을 차렸지. 그 녀석이 정어리 속 알약의 힘이라며 비아냥거렸어.

난 녀석이 이곳도 그럭저럭 살 만하다고 말한 이유를 그날 알았어. 그 녀석은 후프 세 개를 연달아 통과했어. 사람들이 그 녀석 이름을 막 불러대는 거야. 놀라웠어. 그리고 녀석이 고래 뛰기로 물보라를 일으킬 때마다 환호성과 박수 소리가 파도를 쳤어. 맞아. 녀석은 그걸 즐기고 있었던 거야.

녀석의 재주가 끝나고 내 차례가 되었어. 난

심장이 터질 것 같았어. 나도 이렇게 두려운데 어린 친구는 이 많은 사람들 앞에서 얼마나 떨리고 무서웠을까.

어떻게 시간이 흘러갔는지, 어쨌든 첫 무대를 마치고 수조로 돌아왔어. 나는 긴장했던 탓에 수조 구석에 몸을 기대고 한동안 움직이지 못했지. 물이 살짝 흔들렸어. 몸을 돌리니 어린 친구가 내 곁에 와 있잖아.

"고마워요. 형, 고생했어요."

난 어린 친구의 목소리를 처음으로 들었어.

"너도 보고 들었지? 내가 얼마나 대단한지. 사람들이 내 이름을 마구 부르는 소리! 이런 생활도 그럭저럭 괜찮다고 했잖아. 그들만 즐겁게 해준다면야. 어린 너, 위험한 바다보다 여기가 훨씬 더 안전해. 내가 말했잖아! 바다는 이제 포기하라고! 바다는 꿈도 꾸지 마!"

그 녀석은 나와 어린 친구에게 이렇게 소리치고는 물보라를 마구 일으키며 돌아다녔어. 무대의 흥분에서 아직 벗어나지 못한 듯 말이야.

나도 나날이 재주가 늘었어. 무대에서 가끔 녀석보다 내 시간이 길어질 때도 있었고. 그러다 수조에 돌아오면 '내가 꿈조차 꾸지 않고 있는 게 아닌가.' 하고 생각했지. 하지만 이런 생각도 잠시뿐이었어. 너무 지쳐 숨쉬기조차 힘들어 쓰러져 버리는 거야.

그러다 깨어나면 다시 바다 냄새가, 몸으로 느꼈던 바다가 그리워지는 거야. 어린 친구처럼 나도 점점 지쳐가고 있었던 거지.

달빛이 그리웠어. 마음 깊은 곳에 희미하게 남아 있는 바다를 기억해 낼 때마다 보름달과 파도가 그리워서 자주 슬펐어.

이제 나도 정어리의 고소한 비릿함으로는 마음을 위로받을 수 없을 지경이 돼 버렸어. 어린 친구도 다시 벽에 머리를 찧기 시작했고. 그 녀석도 예전 같지 않았어. 속이 계속 불편하다고 했지.

그렇다고 그들은 우리를 쉬게 하지 않았어. 꼬리지느러미에서 피만 뽑아 갔지. 그리고 정어리 속에 채운 영양제와 위장약 개수만 늘어났을 뿐이야.

그 녀석에게 이상한 증세가 나타나기 시작했어. 녀석의 몸이 풍선처럼 점점 부푸는 거야. 어

떤 날은 잠수복을 입은 사람들이 수조에 들어와 한참 동안 녀석을 살피다 가곤 했어. 피도 자주 뽑아 가고 입속에다 무엇인지 모르겠지만 자꾸 넣어줬고. 정어리가 아닌 것은 확실했지.

그리고 한동안 그 녀석과 내가 무대로 나가는 일은 중단되었어.

어느 날부터인지 그 녀석이 말을 한마디도 하지 않는 거야.

"이곳에선 꿈도 꾸지 마!"

녀석의 당돌하던 그 목소리가 그리웠어.

녀석은 꼼짝하지 않고 부푼 몸으로 가쁘게 숨을 몰아쉬고 있었지.

"제발, 무슨 말이든 좀 해봐!"

난 꼬리지느러미로 물보라를 일으켰어. 그 녀석이 정신을 잃지 않도록 말이야.

두려웠어. 바다에서도 느끼지 못했던 공포감이 수조에 감돌았어. 어린 친구는 피가 날 정도로 머리를 벽에 찧었어.

난 몸부림치며 그 녀석 주변을 멈추지 않고 돌고 돌았어. 그렇지만 소용없었어. 녀석의 부푼 몸이 뒤집히면서 결국 수조 위로 떠올라버렸지. 그 녀석, 어쩌면 꿈을 꾸고 있었는지도 몰라. 내 거친 몸부림은 결국 진정제를 맞고 멈출 수 있었어.

그 녀석이 떠나고 어린 친구와 나는 수조에 방치되어 있었어. 좀 오랫동안 말이야. 그런데 녀석의 죽음이 그들 마음을 움직였던 거야.

내가 육지에서 떨어진 바다 가두리에 있던 동안 그 녀석을 한시도 잊은 적이 없어. 바다로 돌아온 지금도 그렇지만.

그 녀석은 알고 있었던 거야. 꿈꾼다고 바뀔 상황이 아니라는 것을. 일어나지 않을 일은 차라리 꿈조차 꾸지도 말라는 거였어. 하지만 녀석은 그러면서도 우리 꿈을 이뤄준 거야. 어린 친구도 잘 지내고 있어. 머리에 남은 흉터 말고

는 건강해.
　지금도 난 그 녀석이 그리워.

할머니의 보석

　할아버지의 이삿짐을 실은 트럭이 좁은 골목
을 막 벗어났어요.

　"이제 거대한 기계손들이 들어오겠지……."

　고양이 노랑이는 멀어져가는 트럭 꽁무니를
물끄러미 바라보며 혼잣말을 했어요.

　재개발이 결정되고 한 집, 두 집 이사를 가기
시작했어요.

　마지막으로 할아버지 집만 남았어요.

　할머니는 몇 달 전에 돌아가셨어요.

　노랑이도 이 골목을 떠날 수 있었지만 그럴 수

없었어요.

  할머니는 꽃 따는 일을 했어요.
  매일 새벽, 버스를 타고 꽃마을로 갔어요.
  저녁이 되면, 노랑이는 할아버지와 버스 정류
장 의자에서 할머니를 기다렸어요.
  할머니에게서 꽃냄새가 났어요.
  노랑이는 그 냄새가 좋았어요.

  할머니가 아파서 꽃마을에 가지 못하게 되었
어요.
  노랑이는 할머니 곁에 하루 종일 붙어있었어
요.
  사실 노랑이라는 이름도 할머니가 지어주었어
요.
  노랑이는 노랑 줄무늬를 가지고 있거든요.
  할머니는 노랑이를 어루만지며 늘 이렇게 말
했어요.

"노랑아, 내가 없더라도 할아버지 외롭지 않게 잘 부탁한다."

할아버지는 노랑이에게 함께 가자고 몇 번이나 말했어요.

노랑이는 그때마다 갸르릉거리며 뒷걸음질만 쳤어요.

할머니 부탁을 생각하면 노랑이도 마음이 아팠어요.

하지만 할아버지를 따라갈 수 없는 이유가 있어요.

나비아줌마의 아기고양이들 때문이에요.

나비아줌마는 얼마 전에 술 취한 아저씨가 던진 화분에 깔려 죽었거든요.

먹구름이 짙어졌어요.

눅눅한 바람이 노랑이 털에 스며들었어요.

노랑이는 할아버지와 할머니를 생각하며 아기

고양이들을 할아버지 창고에 물어 놓았어요.

 창고에는 할머니의 오래된 살림살이가 있었어
요.
 "이건 너희 엄마가 나한테 시집올 때 가지고
온 것인데, 아직도 쓸 만한 걸 꼭 버려야 되겠
니?"
 "아버님, 백합아파트로 이사 가면 이런 구질구
질한 것들은 둘 곳도 없어요."
 아들과 며느리는 창고에 있는 물건들을 고물
상으로 보냈어요.
 할아버지는 할머니와 영영 이별하는 것 같아
마음이 먹먹했어요.
 그때 노랑이도 아쉬워서 계단에서 앙앙거렸어
요.

 할아버지가 가시고 노랑이와 아기고양이들은
굶는 날이 많아졌어요.

노랑이가 창고 안을 이리저리 오르내리다 낡은 종이상자를 떨어트렸는데,

속에서 비닐봉지가 튀어나왔어요.

노랑이는 할아버지가 두고 간 사료인 줄 알았어요.

하지만 봉지가 너무 작아 사료 같지 않았어요.

냄새도 나지 않았어요.

노랑이는 이빨과 발톱으로 비닐봉지를 뜯었어요.

비닐봉지에는 색동주머니가 들어있었어요.

노랑이는 한눈에 할머니 주머니라는 것을 알았어요.

"어서 할아버지께 전해드려야 해."

노랑이는 고민에 빠졌어요.

"어떻게 하면 할아버지를 만날 수 있을까?"

배고픈 것도 잊었어요.

앞발을 핥고 핥아도 뾰족한 방법이 떠오르지

않았어요.

　빛이 번쩍이더니 천둥이 콰르르릉 쾅 지나갔
어요.
　"백합아파트!"
　노랑이는 아들과 며느리가 창고를 정리할 때
했던 말이 생각났어요.
　노랑이는 주머니를 단단히 물었어요.

　재개발 동네를 벗어나 걷고 또 걸었어요.
　길고양이들이 노랑이 앞을 가로막았어요.
　하지만 노닥거릴 시간이 없어요.
　비가 내리기 시작했어요.
　털도 젖고 눈도 아팠어요.
　배달 오토바이가 노랑이 곁을 아슬아슬하게
스쳐 갔어요.
　공기 빠진 풍선 인형이 고꾸라지며 노랑이를
덮쳤어요.

너무 놀라 비명을 지를 뻔했어요.
다행히 주머니는 놓치지 않았어요.

얼마나 걸었는지 모르겠어요.
불빛들이 하늘을 향해 올라가고 있었어요.
벽에 불이 켜진 글자가 노랑이 눈에 딱 들어왔
어요.
"백합아파트. 여기야!"
노랑이 다리에 힘이 쭉 빠져버렸어요.

노랑이는 지하 주차장으로 내려갔어요.
주머니를 내려놓고 큰 하품을 여러 번 했어요.
주머니를 꽉 물고 오느라 입이 아팠거든요.
"해가 뜨면 아파트 공원부터 가봐야겠어.
어떻게 할아버지를 찾지?"
노랑이는 주머니를 숨겼어요.

재개발 동네에 살 때,

할아버지는 매일 아침 산책을 거르지 않았어
요.

그래서 공원에 가면 할아버지를 만날 수 있을
거라고 생각했어요.

밤새 아파트 길고양이들이 노랑이에게 시비를
걸었어요.

그래도 노랑이는 눈을 뜨지 않았어요.

지쳐 맞설 힘도 없었고, 할아버지를 만나는 게
더 중요했거든요.

할아버지는 고층 아파트가 불편했어요.

산책하는 것도 부담스러운 일이 되었어요.

한번은 카드키를 두고 나가 종일 밖에 있었거
든요.

그래도 오늘은 비가 그치고 햇볕이 좋아 산책
을 나왔어요.

자동차 시동 소리에 벌떡 일어난 노랑이는 정

신을 차렸어요.

어제 숨겨둔 주머니를 확인했어요.

밖으로 나와 보니 백합아파트는 정말 멋졌어요.

제일 마음에 드는 건 놀이터 모래밭이었어요.

아파트 공원으로 가보았는데 모두 낯선 얼굴이었어요.

노랑이는 눈물이 나오려고 했어요.

배도 너무 고팠어요.

"이러다 할아버지를 영영 만나지 못하면 어떻게 하지?"

할아버지는 재개발 동네 길고양이들이 눈에 밟혔어요.

"이 녀석은 우리 노랑이랑 똑 닮았네.

녀석들은 잘 지내고 있을까? 뭘 좀 먹기는 할까?"

분명, 할아버지 목소리였어요.

노랑이는 할아버지와 눈을 맞추려고 자꾸 냥냥거렸어요.

할아버지는 노랑이를 얼른 알아보지 못했어요.

"알았어. 알겠다. 너도 외로운 게로구나. 그래, 그래."

할아버지는 깜짝 놀랐어요.

이곳에 노랑이가 있을 거라고 생각지도 못했거든요.

노랑이가 할아버지를 이끌었어요.

앞서 걷다가 뒤돌아보고, 또 조금 걷다가 뒤돌아보았어요.

노랑이는 할아버지가 잘 따라오시는지 확인했어요.

"날 어디로 데려가려고 이러는 거냐?

잘 따라가고 있으니 걱정하지 말고 앞서가거

라."

할아버지를 지하 주차장으로
모시고 온 노랑이가
날렵하게 주머니를
물어왔어요.

주머니를 열어본
할아버지는 차가운
주차장 바닥에 털썩
주저앉고 말았어요.

주머니 속에는 몽돌
두 개가 들어 있었어요.

"값비싼 보석도 아닌

이걸 여태 간직하고 있었다니⋯⋯."

할아버지는 눈을 지그시 감
았어요.
몽돌에서 파도 소리와 함께
어린 아들의 웃음소리와 아내 목
소리가 들렸어요.
젊은 시절, 어느 여름에 할아버지는 가족들과
몽돌이 많은 바닷가에 놀러 갔어요.
그곳에서 할아버지는 몽돌 두 개를 주워 할머
니에게 선물했어요.

할아버지는 노랑이를 집으로 데리고 왔어요.
노랑이는 구운 생선 두 마리를 허겁지겁 발라
먹었어요.
"노랑아, 여기서 나랑 같이 살자."
노랑이도 할아버지와 백합아파트에서 살고 싶
었어요.

하지만 나비아줌마에게 아기고양이들을 지켜
주겠다고 약속했거든요.

노랑이는 할아버지와 놀다가 재개발 동네로
돌아왔어요.

나른했던 노랑이는 아기고양이들을 품고, 깊
은 꿈에 빠졌어요.

"노랑아, 정말 고맙구나. 우리 노랑이 장하
다."

할머니가 노랑이 등을 부드럽게 어루만져 주
었어요.

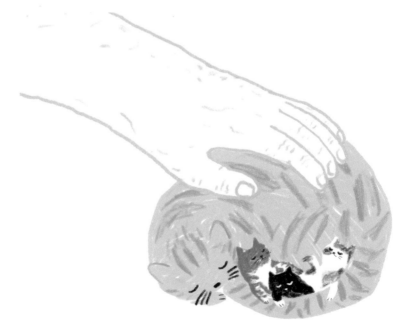

진짜루의 천사들

"무릎 생각해서 쉬엄쉬엄하세요. 아주머니."

"그래도 이놈 덕분에 구청에서 돈을 받잖아. 내겐 이게 돈이야. 노랑 은행잎 돈."

서리 맞은 은행잎이 마을 입구 도로를 온통 뒤덮었어요. 억순이 아줌마가 비질로 은행잎을 자루에 쓸어 담았어요. 발걸음에 박자를 맞춰 콧노래까지 흥얼거리면서요.

"나중에 정 씨 아저씨와 점심 드시러 꼭 나오세요!"

세영이 아빠는 싹싹하게 인사하며 오토바이 시동을 걸었어요.

"세영아, 웃는 얼굴로 인사 좀 해라."

아빠가 세영이를 나무랐어요.

뒤에 탄 세영이가 아빠 등에 얼굴을 파묻고 꼼짝하지 않았거든요.

"말이란 정을 나누는 거야. 듣는 사람도 기분 좋잖아. 녀석도 참 ……."

"원래는 잘해요. 지금은 춥고 잠이 덜 깨서 그래요. 모처럼 개교기념일인데 이른 아침부터 꼭 따라가야 해요?"

달콤한 늦잠을 빼앗긴 세영이는 볼멘소리로 투덜거렸어요.

세영이는 아미마을에 살아요. 지은 지 40년도 더 된 작은 집들이 블록 장난감처럼 다닥다닥 붙어있지요. 세영이가 사는 계단 골목에는 얼마 전까지만 해도 열 가구 넘게 살았어요. 지금은 억순이 아줌마, 정 씨 아저씨, 세영이네, 이렇게 세 가구만 남았어요.

억순이 아줌마는 예전에 무명 가수였대요. 요

즘은 노인복지관에서 노래 봉사를 하며 제2의 가수 인생을 시작했어요.

억순이 아줌마는 일주일에 두 번 신장 투석을 해요. 병원에 다녀온 날은 꼼짝없이 누워있어요. 몸이 좋은 날은 낡은 카세트를 크게 틀어놓고 트로트를 부르며 빙글빙글 춤을 춰요.

"며칠 전에도 노랫소리 때문에 정 씨 아저씨와 억순이 아줌마랑 한바탕 난리 났어요."

"허허, 정 씨 형님 또 제대로 못 주무셨겠구나."

"저도 엄청 힘들었어요. 숙제하는데 집중도 안 되고, 귀는 자꾸 노랫소리만 따라가고. 억순이 아줌마 노래는 완전 소음공해라니까요."

억순이 아줌마 집에서 몇 계단 내려가면 화물 트럭 기사 정 씨 아저씨가 살아요. 아저씨가 야간에 운전하는 날은 낮에 주무셔야 하거든요. 그래서 가끔 억순이 아줌마 노래는 정 씨 아저씨 고함이 몇 번 울린 뒤에야 멈추지요.

초겨울 아침, 찬바람을 맞으며 세영이 아빠 오토바이가 달려요. 은행잎들이 오토바이를 따라가며 노란 소용돌이를 일으켰어요.

"아빠, 다음 일요일에는 놀이공원에 가기로 했죠? 꼭 지키세요!"

"아빠가 그랬나? 허허, 일요일은 가게가 제일 바쁜 날이라 하루 문 닫기가 어려운데."

아빠 목소리가 등으로 울렸어요. 세영이가 헬멧을 쓴 탓에, 아빠 대답은 바람에 흩어져 버렸어요.

오토바이는 시장 골목을 돌아 아빠 가게에 도착했어요. 유리문에는 '진짜 수타 짜장면 진짜루'라는 글씨가 큼직하게 적혀 있어요.

아빠는 한 달에 한 번 정기휴업일에 할머니 할아버지들께 짜장면을 대접해요. 오늘 공교롭게 개교기념일과 진짜루 휴업일이 겹쳐 아빠는 세영이를 데리고 나왔어요.

"자, 우리 세영이가 할 일이다. 오늘 쓸 양파니까 잘 손질해 줘. 아들, 부탁해!"

아빠는 세영이 키만 한 양파 자루와 앉은뱅이 의자를 꺼내 왔어요.

"이 많은 걸 나 혼자 다 벗기라고요?"

"조금 있으면 봉사자 아주머니들이 오실 거다. 우리가 빨리 나왔으니 먼저 시작하자. 아빠는 일단 음악부터 켜고 다른 재료를 준비해야겠

다."

주방 선반에 밀가루가 뽀얗게 쌓인 CD 플레이어에서 트로트가 흘러나왔어요. 아빠가 토치로 가스 불을 켜자 진짜루 작은 주방이 금방 훈훈해졌어요.

생각이 난다 홍시가 열리면 울 엄마가 생각이 난다
회초리 치고 돌아앉아 우시던 울 엄마가 생각이 난다
그리워진다 홍시가 열리면 울 엄마가 그리워진다
생각만 해도 눈물이 핑 도는 울 엄마가 그리워진다 *

아빠는 나훈아 가수의 팬이에요. 할머니 할아버지들이 짜장면을 드실 땐 마이크를 잡고 직접 노래도 불러드려요. 진짜루의 공식 초대 가수 억순이 아줌마와 함께 노래를 부르면 앙코르 박수가 쏟아질 만큼 인기가 좋아요.

계단이 많아 외출이 불편하신 분들도 이날만은 진짜루에 꼭 내려오시지요. 짜장면도 드시

고, 노래도 부르며 한참 놀다가 집으로 올라가
셔요.

"오늘 짜장면 맛이 특별하겠어. 우리 아들 눈
물 콧물 흘리며 깐 양파라서 더 맛있겠는 걸. 할
머니 할아버지들께서 잘 드시겠구나. 허허허
허."

세영이 아빠는 평소에도 웃음이 많고 목소리
가 밝아요. 특히 짜장면을 대접하는 날에는 아
빠 얼굴에서 웃음이 떠나지 않아요. 목소리도
한층 더 높아지고요.

아빠는 일찍 돌아가신 어머니 정을 항상 그리
워했어요. 그래서 홍시를 좋아하던 어머니를 생
각하며 나훈아 가수의 '홍시'를 자주 불렀어요.

아빠의 현란한 손놀림으로 구수한 짜장이 볶
아졌고, 수타로 뽑은 면이 쫄깃하게 삶아졌어
요. 세영이는 단무지와 양파를 작은 접시에 나
누어 담았어요.

아침에 나올 때는 정말 춥고 귀찮았어요. 하지
만 할머니 할아버지들께 세상에서 제일 맛있는
짜장면을 대접해 드려 세영이는 뿌듯했어요.

"우리 세영이, 수고했어! 오늘 최고의 주방장
보조!"

봉사해주신 분들을 배웅하고 주방으로 들어온
아빠가 엄지를 세우며 칭찬했어요.

"세영아, 한 가지 일이 더 남았다. 관절염이 심
해 못 오신 할머니 두 분이 계시는데, 짜장면 좀
갖다 드리자."

세영이 아빠는 오토바이로 갈 수 없는 계단 골

목은 걸어서 배달해요. 아미마을에서는 세영이 아빠를 '수타면 배달 달인'이라 불러요. 철가방을 들고 날렵하게 계단을 오르내리는 모습은 마치 철인 3종 선수 같거든요.

세영이 아빠는 철가방에 만두와 짜장면이 든 그릇을 넣고 헬멧을 썼어요. 세영이도 헬멧을 눌러썼어요.

오토바이가 시장 골목을 빠져나와 아미마을 경사길을 향해 달렸어요. 바람은 아침보다 견딜 만했어요. 세영이는 아빠 점퍼 주머니에 손을 넣고 허리를 꼭 잡았어요.

눈꺼풀이 자꾸만 무거워졌어요. 이른 아침부터 한나절 이상 주방 보조로 활약했으니 졸릴 만도 하지요.

경사길을 오를 때, 세영이는 아빠의 오토바이가 하늘을 날아오른다고 생각했어요. 세찬, 어떤 알 수 없는 힘이 느껴졌거든요. 누군가가 세영이를 부르는 것 같아 대답하려 했지만 목소리

가 잘 나오지 않았어요. 세영이는 나른하고 아
득한 기분이 들었어요. 움직이려 해도 도무지
몸이 말을 듣지 않았어요. 아빠를 불렀어요. 대
답이 없었어요. 세영이는 잠이 쏟아져 눈을 뜰
수가 없었어요.

세영이는 깊은 잠에 빠졌어요.

불꽃이 이곳저곳에서 터지면서 밤하늘이 환해
졌어요. 세영이는 가슴이 뻥 뚫리는 것 같았어
요. 로켓처럼 올라가던 불꽃 다발이 하늘에서
터져 소나기같이 쏟아졌어요.

넋을 놓고 쳐다보는 세영이의 정신을 차리게
한 건 아빠였어요.

"녀석도, 정신 차려. 입 좀 다물고. 침 흐르겠
다."

"아빠, 이런 불꽃놀이는 처음 봐요. 와! 저기
좀 보세요! 불꽃이 폭포 같아요!"

세영이가 아빠와 함께 놀이공원에 온 건 처음이거든요. 아빠는 늘 다른 가족이 놀러 갈 때 세영이를 끼워 보냈어요. 토요일과 일요일은 진짜루도 진짜 바쁘기 때문이었지요.

놀이기구마다 오색조명이 화려하게 불을 밝혔어요.

"아빠, 정말 환상적이야!"

"그렇게 좋아? 사실 아빠도 놀이공원은 생전 처음이다. 오늘 여기 있는 놀이기구는 모조리 다 타보고 가자!"

세영이는 무엇부터 타야 할지 정신을 차릴 수 없었어요.

갑자기 놀이공원 가로등과 오색조명들이 하나둘 꺼지기 시작했어요. 이제 불빛은 완전히 꺼지고 달빛만 남았어요. 저쪽에서 수백 개의 전구로 장식된 마차와 기관차가 아빠와 세영이 앞으로 왔어요.

세영이는 신비스러워 입을 다물지 못했어요.

초록 옷을 입은 마법사가 기관차 첫 자리에 세
영이를 태웠어요. 아빠는 함박웃음을 지으며 세
영이에게 손을 흔들었어요. 노랑 옷을 입은 마
법사는 세영이에게 장미 다발을 건넸어요. 세영
이는 조금 쑥스러웠어요.

마차와 기관차는 화려한 불빛을 뿜내며 미끄
러지듯 부드럽게 움직였어요. 아빠도 옆에서 천
천히 따라 걸었어요.

회전목마 앞에 다다랐어요. 초록 옷을 입은 마
법사는 회전목마에서 금방 내린 남자아이를 기
관차에 태웠어요. 아이는 엄마 아빠께 귀엽게
손을 흔들었어요.

다시 마차와 기관차가 움직였고 풍선 비행기
앞에 도착했어요. 노랑 옷을 입은 마법사가 마
침 풍선 비행기를 타려는 여자아이를 황급히 불
러 기관차에 태웠어요. 사람들이 환호성을 질렀
어요. 세영이도 손뼉으로 환영했어요.

마차와 기관차는 하늘 관람차를 타는 곳에서

또 멈췄어요. 하늘 관람차는 밤하늘에 큰 원을
그리며 천천히 돌고 있었어요.

하늘 관람차 한 대가 정차장에 닿았어요. 문이
열리자 억순이 아줌마가 환한 얼굴로 내렸어요.
세영이는 깜짝 놀랐어요. 억순이 아줌마를 놀이
공원에서 만나다니, 생각지도 못 했거든요.

억순이 아줌마는 세영이 손을 잡고 기관차에
올랐어요. 세영이 아빠가 손을 흔들었어요. 억

순이 아줌마 얼굴이 편안해 보였어요.

마차와 기관차는 놀이공원을 한 바퀴 돌았어요. 너무나 부드럽게 움직여 마치 구름 위를 떠가는 것 같았어요.

이제 마차와 기관차가 멈추었어요. 세영이는 장미꽃 한 송이를 뽑아 억순이 아줌마께 드렸어요. 억순이 아줌마는 세영이 등을 말없이 쓰다듬었어요. 세영이는 남자아이와 여자아이에게도 장미꽃을 한 송이씩 나누어 주었어요. 그리고 서로 마주 보며 웃었어요.

놀이공원 가로등과 오색조명이 하나씩 다시 켜졌어요.

세영이는 기관차에서 내려 아빠 품에 안겼어요. 장미꽃 향기가 아빠와 세영이를 부드럽게 휘감았어요.

올해는 유난히 눈이 자주 내렸어요. 문 닫힌 진짜루 앞에도 함박눈이 여러 번 쌓였다 녹았어요.

그동안 세영이도 수술대에 오르는 일이 반복
되었어요. 세영이는 병원에서 오랫동안 잠을 잤
어요. 그리고 깊은 잠에서 깨어나지 못했어요.

아빠의 오토바이가 날아올랐던 곳도 눈이 하
얗게 덮었어요.

억순이 아줌마는 사진 속 세영이 얼굴을 쓰다
듬으며 하염없이 울었어요.

"가고 싶은 곳도 많고, 하고 싶은 것도 많을 텐
데……. 아이고 세영아, 미안하다. 세영아, 내가
너무 염치가 없구나. 세영아, 사랑한다. 이 어린
것이……."

"아주머니, 아직 몸도 다 회복되지 않았는
데……. 억순이 아주머니, 이제 그만 하세요. 자
꾸 이러시면 세영이와 세영이 아빠가 좋은 곳으
로 못 가요."

정 씨 아저씨 만류에도 억순이 아줌마는 울음
을 멈출 수 없었어요.

"세영이가 구김 없는 아이라 바람 쐬고 햇볕 받으며 잘 지낼 겁니다. 자기 몸을 아픈 아이들에게 다 나눠주고 떠났으니, 아이들도 세영이 몫까지 건강하게 잘 자랄 거예요. 살아서는 세영이 아빠가 그렇게 나눠주더니만……."

정 씨 아저씨도 차마 끝까지 말을 잇지 못했어요.

다행스럽게 세영이 아빠의 신장은 억순이 아줌마에게 이식되었어요.

천사 날개 벽화 앞에서 세영이가 양팔을 벌리고 환하게 웃고 있어요.
작년 봄에 아빠가 찍은 사진이에요.

* 나훈아의 〈홍시〉 일부 인용

작가의 말

바다를 보면 하늘 같아서
하늘을 보면 바다 같아서

바다에서 하늘을 봅니다.

밤바다는 밤하늘 같아서
밤하늘은 밤바다 같아서

밤바다에서 밤하늘을 봅니다.

낮의 빛남이 나를 출렁이게 합니다.

밤의 어둠이 나를 먼 곳으로 데려갑니다.

파도가 와도 움직이지 않는 바위를 보며
말 없는 별의 움직임을 보며

파도가 된다는 건
바위가 된다는 건
별이 된다는 건